Miguel Ángel Diaz Barriga N.

Vrases

Kreko Producción

Titulo original: Vrases
Editor original: Editorial DIBARNI SAS de CV, México

ISBN: 978-607-99825-0-8

Ilustración y portada: Miguel Ángel Diaz Barriga N.
Impreso por: Imagrafic, Artes Graficas
     Cerrada de Otavalo 208 int. Genova 201
     Col. Planetario Lindavista C.P.: 07739
     Ciudad de México, México.

Impreso en México

Para Griselda y Luis Felipe,
por acompañarme, apoyarme y creer en mi.

Prólogo

El Horror Benévolo

El horror es siempre benévolo en sus manifestaciones. Es prolífico y atento en sus faenas. Posee disfraces, algunos evidentes y otros bajo el signo del disimulo. Hay horrores sagrados, como Victor Hugo definió al espanto y atractivo de lo sublime, y hay horrores inauditos, como las catástrofes propias de la naturaleza o los causados por nosotros mismos, los humanos, desdeñosos hacia el dolor y la existencia ajenas.

El horror necesita poco para manifestarse. Es parte de la Historia y las historias. Ocurre en los campos de concentración, en las películas palomiteras, en las crueles batallas, en la realidad violenta del narco, en las injusticias más atroces, en la explosión súbita de una violencia acumulada en el tráfico, en las torturas más burdas e imaginativas, en las pestes que diezman poblaciones, en los juicios sumarios, en la literatura pensada para inquietar nuestro dormir, y también a un lado nuestro, a la vuelta de la esquina, en la casa del vecino o de quien menos hubiéramos imaginado.

En Vrases, primera novela de Miguel Ángel Díaz Barriga, el horror adopta la figura de lo cercano y cotidiano, a través de un carpintero, un hombre en apariencia bondadosa, interesado en ayudar a su comunidad. Es, en realidad, un asesino serial. No hay *spoiler* al revelarlo: se hace evidente desde las primeras páginas. Su protagonista, Víctor Vrases, es el horror en apariencia inofensivo, el horror del que nadie sospecha. El hombre común y corriente convertido en asesino de niñas y jovencitas.

Freud, aunque no se mencione, habita estas páginas. Lo edípico está ahí, la ausencia del amor materno está ahí. Por fortuna, no hay disertaciones psicoanalíticas sino literatura. Es una novela que, sin ser estrictamente policiaca, suelta pistas para aclarar los crímenes y sus motivaciones.

En esa benevolencia de lo horrible, muchas niñas han muerto a manos de Víctor Vrases. En su mundo al revés, lo que para nosotros constituye un horror, para él su comportamiento se resume en un acto de amor. Al matarlas, las ama. El análisis psicoanalítico no falla y se plantea muy bien en estas páginas: en todas sus víctimas está presente su madre. Es a ella a quien ama, posee y asesina.

El tema de los asesinos seriales no es nuevo, pero sí en nuestra literatura. Hay un par de ejemplos, y entre ellos uno notable, Gumaro de Dios, El caníbal, de Alejandro Almazán. No hay más. Se trata de un tema cuya ausencia es tangible en el ámbito de nuestras letras. En México, en lo que a crímenes se refiere, hay un enfoque más dirigido a la muy rentable narco novela o a la novela policiaca. A juzgar por esta sequía temática, parecería que a nuestros escritores les resulta indiferente el fenómeno del asesino serial, como si solo ocurriera en países anglosajones o más desarrollados.

Tal vez por eso Miguel Ángel Díaz Barriga sitúa su narración en una geografía indefinida, en un poblado que algo tiene de propio y extranjero. Así, conviven apellidos más cercanos a nosotros como el de las niñas Montalvo, y otros con resonancias foráneas, como los de sus protagonistas, Daniela Kofe y Víctor Vrases. Esta ambigüedad, en cuanto a su ubicación, no demerita el relato; al contrario, le otorga una resonancia muy creíble, pues su trama lo mismo puede ocurrir en otro país que al interior de nuestras fronteras.

Otro acierto de esta novela es su estructura a dos voces, la del victimario y su víctima, la del benevolente depredador sexual y la de la inocente doctora. Se muestran así sus reflexiones, sentimientos, estrategias, recuerdos, acciones y cautelas. En el caso de Víctor Vrases, su personalidad se desarrolla conforme marcha la narración, a través de las emociones que se nombran en cada capítulo, entre ellas el enojo, la excitación, el miedo, la duda, el amor, la frustración y el dolor. Se trata de un personaje muy bien delineado en cuanto a su psicología. Un personaje no en blanco y negro sino complejo y atractivo. En el fondo busca, aunque de manera equivocada, el amor que le faltó de niño. En cuanto a ella, Daniela Kofe está muy bien trazada. Su trágico destino sucede a pesar suyo, por el solo hecho de parecerse a la madre del asesino serial. No es una coincidencia, pero serán sus lectoras y lectores quienes descubran la verdad de su presencia en la vida de ese hombre, un anciano ya, quien tiene un doble deseo: el de poseerla y matarla.

Vrases marca el inicio de una carrera literaria, la de Miguel Ángel Díaz Barriga, pero también el inicio de nuestro interés por leer más de lo que su imaginación y talento escriban y publiquen. Es una novela breve y redonda, lúcida y verdadera, que tiene un genuino y plausible afán por contar una historia atractiva e interesante. No es amarillista, pues el horror está ahí, mas no como un amargo río de sangre, tortura, vejaciones y muerte, sino como el relato de vidas cotidianas donde hay que cumplir con el trabajo o donde envejecer no es agradable, aunque con una muy bien lograda atmósfera donde el mal, siempre latente, puede desatar en cualquier momento sus más increíbles y dolorosas atrocidades. Es una novela sobre un asesino serial, es cierto, pero también sobre la redención (por lo menos en la literatura) de quien dice basta y decide vengar tanto horror.

Por Mauricio Carrera.

Vrases

Enojo

El enojo se siente igual que una presión en la cabeza. Era una sensación que ya tenías bastante bien estudiada. Sabías cómo y cuándo se presenta, la distinguías desde los primeros síntomas: el calor en el cuerpo, los dientes rechinando, los músculos tensándose. Esa mañana, Víctor, te despertaste enojado, te molestaba lo seguido que comenzaba a ser.

Tus mañanas se volvían muy tediosas. Estirarte en la cama, ponerte la sandalia derecha seguida de la izquierda. Ducharte mientras la cafetera trabajaba. Vestirte, peinarte, mirarte al espejo y sentirte un día más viejo, acompañado por aquella presión en la cabeza. Víctor, tardabas cada vez más en llegar al desayuno, te volvías lento y torpe. Leías las noticias, más por rutina que por interés, repitiéndote la frase "hay que estar bien informado para hacer lo tuyo".

Parte de tu nueva rutina desde que te jubilaste, o más bien te jubilaron tres meses atrás, eran las caminatas. Salías de tu casa después del desayuno. Mirabas San Damián, una colonia modesta donde la constructora había hecho a molde las casas. Vecinos saliendo al trabajo, niños a la escuela, amas de casa platicando desde sus puertas. La gente te saludaba, tú devolvías el gesto sonriente.

Mandabas bendiciones a María, la señora que vivía al frente; a Iván Rueda, el papá que subía a una Van a sus tres hijos hiperactivos y traviesos, siempre con una cara de fastidio; a doña Martha, quien abría la tiendita en la esquina puntualmente todos los días. "Que Dios te bendiga" les decías a todos mientras caminabas hasta llegar al parque, justo en el centro de la colonia privada. Un parque de árboles altos que daban sombra, pasto siempre verde a pesar del sol de mayo, con una pista para correr alrededor.

Desde tu jubilación forzada te despertabas de mal humor. Habías sido un carpintero contratado por treinta años. El mejor carpintero escenógrafo de la ciudad, trabajando para la misma casa productora de televisión y cine, pero ahora solo tenías una estúpida pensión acompañada de una artrosis que dolía con el frío. Habías decidido seguir con el taller que tenías en casa, era pequeño pero tenías todo lo necesario para trabajar.

Era por eso que te querían tanto los vecinos, por ser el carpintero a la mano. Claro que para ganarte un lugar en la comunidad también influían la amabilidad, la cortesía, el hecho de que siempre repartías dulces a los niños y buenos consejos a sus padres. Aunque ya de eso algunos años, el taller dejaba cada vez menos dinero, más tiempo libre y aburrimiento.

Dabas exactamente cinco vueltas al parque, Víctor. Llegabas enojado pero te ibas tranquilo y con una sonrisa. Comenzabas la rutina junto a los primeros pasos en esa pista rojiza. La primera era Yolanda: esa jovencita sonriente que hacía ya muchos años te robaba el corazón y el sueño. Te forzabas a recordar cómo la conociste, la primera palabra, cuando la tocaste por primera vez. Lo recordabas todo, de inicio a fin. Después pasabas a Paola, luego a Jessica. Y seguías así hasta la última de tus niñas. ¿Aún las amabas? ¿Por eso al recordarlas se te quitaba el mal humor? Al finalizar las cinco vueltas ya habías recordado a todas, tenías una sonrisa amplia y ninguna presión en la cabeza, ni músculos tensos o dientes rechinando.

Recordar a tus niñas te hacía sentir joven, vigoroso, te regresaba un poco de la vida que se te iba yendo. De regreso a tu casa pasabas a la tienda y platicabas con doña Martha. El aire parecía más abundante para entonces y la artrosis menos fuerte, la calle estaba más tranquila. Eran los efectos de recordarlas. Sus muertes, sus últimas miradas aterrorizadas, sus llantos desesperados. Recordar a tus niñas te ponía de buenas y aligeraba el día.

Excitación

Fue un día como esos cuando me viste por primera vez. Ibas en la tercera vuelta al parque, en la octava de tus niñas, cuando viste el camión de mudanzas entrar a la privada. Dio la vuelta al parque para llegar a la casa de los Montalvo, esa casa deshabitada por meses, con mala hierba y su eterno letrero de renta. La curiosidad es como un lazo bien amarrado, la sentías atada a tu cuello de un extremo, con el otro atado a la casa de los Montalvo.

Detuviste tus vueltas, miraste cómo comenzaban a bajar los muebles. Muebles nuevos pero baratos, la mayoría de mala calidad. No estaban hechos de buena madera, no eran artesanales, sino que se hacían de fábrica. Malos muebles. Tu primer instinto fue buscar en esos muebles un futuro trabajo, sin imaginar que te interesaría más su dueña.

La primera vez que me viste fue al volante de mi Chevy rojo, llegué un poco después que el camión, me había quedado atrás para cargar gasolina. Me viste bajar, mirar alegre aquella casa, viste a una joven de veinticuatro años y pelo negro. Aquel día usaba una playera a rayas desgastada y un short de mezclilla. Cuando viste mis piernas lo volviste a sentir.

La excitación era una vieja amiga a quien conocías a la perfección. La estudiaste largo tiempo. Se percibía indudablemente en la rigidez de tu miembro, en el calor de tu cuerpo. Sabías que una joven era la siguiente cuando sentías el vello de tus brazos erizarse, tu respiración acelerarse. ¿Fueron mis piernas o mis labios, que aun sin maquillaje te parecían perfectamente rosados, los que te hicieron erizar?

Te acercaste tan rápido como la artrosis y la edad te lo permitieron, eso te dio tiempo de pensar en tu jugada. ¿Cuál sería la primera palabra que te diría? ¿Cómo se sentiría el primer contacto con mi piel blanca invadida por pecas apenas perceptibles? Llegaste casi jadeando.

—Muy buenos días, jovencita —me dijiste esbozando tu sonrisa ensayada—. Te ayudaría con el jardín, pero estas manos ya no me permiten esos actos de altruismo.

—La intención es suficiente, muchas gracias —te contesté sonriendo, quitándome un poco de cabello de la frente—. ¿Usted vive por aquí?

Ésas fueron las primeras palabras que te dije. Tenías que recordarlas a la perfección.

—Mi casa está a una cuadra en esa dirección —me dijiste, señalando más allá del parque—. Es un placer darte la bienvenida. Ya era hora de que alguien le diera vida a esta antigua casa. Los Montalvo la abandonaron cuando perdieron a su niña varios octubres atrás—. Seguías mirándome a los ojos, te gustaban que fueran negros y grandes.

Me hiciste una plática rápida, como la de un vecino alegre sin más interés que el de ser amable con la nueva de la colonia. Mencionaste tu oficio como carpintero, me ofreciste tus servicios. Al despedirte tomaste con ambas manos la mía para sentirla completamente. Estabas sudando, se sentía lo rasposo de la edad y las cicatrices del trabajo con madera, yo aún conservaba la suavidad de la juventud y la inexperiencia. Sentiste esa inexperiencia en lo apretado de tus pantalones.

Te marchaste sabiendo que habías tenido un buen primer contacto. Regresaste a tu casa sin terminar las cinco vueltas, sin recordar hasta la última de tus niñas. Fuiste directo a tu habitación. Moviste con dificultad la cama, lo suficiente para que la pata derecha dejara de bloquear tu escondite. Sacaste de un pequeño compartimiento una cajita que contenía un diario. Escribías lo que hacías en secreto. Anotabas lo que sentías cuando las veías, las tocabas, cómo olían. Examinabas tus sensaciones... el enojo, la alegría, la tristeza...

Te sentaste sobre la cama y entonces te detuviste. No supiste si fue la excitación, mover la cama o agacharte para sacar el diario lo que provocó el dolor de tus articulaciones, las rodillas, los dedos, la espalda. Te sentaste a pensar. Te diste cuenta del pasar de los años, de la ausencia de la excitación. Había pasado mucho sin el vello erizado, fue antes de la artrosis, antes del desempleo, la última vez que incluiste un nombre a tu lista.

Tal vez no serías capaz de hacerlo de nuevo. Ya no te movías igual. No cargabas igual. Ahora eras más débil que una jovencita. Pero por un momento habías dejado de serlo, no como cuando repasabas tu lista en el parque, no como cuando recordabas sus gritos al final de su vida. Fue diferente, el vigor había vuelto, habías tenido una reacción. Olvidaste el dolor de las articulaciones, te sentiste tan joven como la primera vez. Fue por eso que decidiste olvidar los obstáculos de la edad. Fue en ese momento que pusiste "Daniela" en el diario, mi nombre, mis primeras palabras y todo lo que pasó en tu mente y tu cuerpo. En ese momento decidiste matarme.

Ansiedad

Tocaste tres veces a mi puerta. Llevabas un tazón de vidrio en las manos acompañado de una sonrisa que no parecía estudiada. Me habías preparado un "niño envuelto", un platillo hecho con pan de caja, queso y jamón, enrollado al mero estilo del sushi.

—Es frío, para que puedas llevarte un poco a tu trabajo sin que debas calentarlo. Dura bastante tiempo fresco —me dijiste, orgulloso de tu ingenio.

Te habías tardado una semana en llevarlo. Habías aprendido con Yolanda a tomarte tu tiempo. Habían pasado más de cuarenta años de aquel día cuando conociste a la primera de tu lista. El contraste del pelo negro con la piel blanca te habían llamado desde lejos. Cruzaste la calle casi corriendo. Le viste el rostro, sus ojos negros y lo sentiste... esa rigidez, ese calor. Con Yolanda conociste la excitación... y la ansiedad.

Poco estudiaste la ansiedad. Solo la sentiste una vez, aquel día en las calles del Centro azotadas por el sol, cuando viste a Yolanda cruzar con su vestido blanco. Te atacó una oleada de energía y un deseo. Fue un deseo incontrolable, como si naciera del pecho y creciera rápidamente hasta cubrir todo tu cuerpo. Te adelantaste, todo lo hiciste rápido y torpemente.

En menos de diez minutos ya habías decidido ir por ella. La seguiste hasta su casa. Esperaste en tu camioneta a que anocheciera. Trataste de entrar a la casa pero el perro te ahuyentó con sus ladridos. La ansiedad era rápida y torpe… Tuviste que esperar al día siguiente. Yolanda se dirigía a la escuela. Llevaba el uniforme de una preparatoria privada. La subiste a la camioneta con fuerza, torpe, cuando nadie veía. Fuiste brusco, le lastimaste la frente y las piernas. La dañaste. Habías dañado a tu niña.

No tomaste en cuenta que a Yolanda la esperaban muchas personas: su maestra de idiomas, su novio obsesivo, su madre… La búsqueda por la primera de tus niñas comenzó de inmediato. Los vecinos reportaron una camioneta como la tuya esperando fuera de su casa una noche antes de que desapareciera. Alguien describió a un joven como tú siguiéndola a casa, esperando en la camioneta.

Aquella vez sentiste el peso de la policía muy cerca. Podías ver sus luces iluminando por tu ventana. Tuviste que deshacerte de tu amada camioneta, esa camioneta que había estado por tres generaciones en tu familia. Mataste a Yolanda rápido, sin tanto placer, debías desaparecerla lo más pronto posible. Te diste cuenta de que la ansiedad no era tu amiga, aunque se sintiera bien. Fue la única vez que la impaciencia te ganó. Después de eso, aprendiste a tomarte tu tiempo, a esperar. Por eso, conmigo, dejaste pasar una semana antes de hacer tu primer movimiento, ¿verdad?

Fuiste a la tienda de doña Martha a preguntarle sobre mí, sobre mis compras. Por años habías interrogado a los vecinos sin que lo notaran. A cada vecino nuevo le preparabas algo de comer. A veces lo hacías con vecinos que pasaban un mal momento económico o una desgracia familiar. La pobre de doña Marta se sentía feliz de contribuir con ese hermoso detalle. Ella no se extrañó, no hubo una alarma. Sonrió con ternura y te dio una lista de lo que me había llevado el día anterior.

Llevabas un platillo sencillo pero cargado de significado, o eso creían en San Damián. De la plática que se creaba después de llevar tu presente aparentemente desinteresado, habías conseguido a una o a dos de tus niñas. La gente suele abrir sus corazones, sobre todo la boca, a las personas que son buenas con ellas. Te cuentan de un primo con una hija en problemas, o de su jefe que contrataba a sus hijas para los puestos importantes siendo aún unas niñas malcriadas. No… no eras tan tonto como para buscar en tu propio barrio a tus víctimas… Al menos no a todas. Tus buenas intenciones te llevaban hasta ellas en el interior de la ciudad.

Supiste por mis compras que no comía en casa: me había llevado varios paquetes de pan dulce y latas de atún ya preparado. Sabías que pasaba horas despierta por la gran cantidad de café o por las bebidas energéticas que consumía. Que estaba pocas horas en mi nueva casa por el cepillo de dientes de viaje y las toallas húmedas para lavarme las manos. Me llevaste un "niño envuelto".

—Gracias, don Víctor —te dije—. Será un alivio comer algo casero en el hospital.

—¿Eres doctora? —preguntaste. Tu sorpresa fue genuina. Yo sería tu primera niña que terminaba la universidad.

—Aún hago mi servicio en el Hospital Santa Lurdes —respondí contenta.

No necesitabas más ese domingo. No aceptaste entrar a la casa. Te marchaste contento, sabiendo sobre mí más de lo que cualquiera podría imaginar. Al día siguiente saliste a caminar a las nueve de la mañana, como siempre, y mi Chevy rojo ya no estaba; el martes saliste a las ocho con treinta, mi

Chevy no estaba; el miércoles saliste a caminar a las ocho, llegaste al parque justo para despedirte amablemente mientras me subía a mi coche. A partir del jueves tu rutina comenzó a las ocho.

Dolor

—Mi madre decía que nunca hay que devolver un traste vacío —te dije una tarde, de pie frente a tu puerta, con mi sonrisa veraniega y el pelo amarrado. Miraste con sorpresa la falda coqueta que acentuaba la cintura y dejaba ver unas piernas largas—. Es una receta de ella, gelatina de durazno —continué al notar que no reaccionabas.

—Ay niña, no tenías que molestarte —respondiste nervioso. Tomaste el tazón temblando y te hiciste a un lado para dejarme pasar.

—Claro que no es molestia, usted fue el único de la colonia que me recibió. Su "niño envuelto" estaba riquísimo —te dije mientras descubría el interior de la casa.

El olor a madera era permanente. Cada mueble, cada objeto estaba acomodado de tal forma que no quedaba duda alguna de que ése era su lugar.

—Siéntate niña, siéntate. Te voy a traer un vaso de

agua, el calor está insoportable —dijiste, y de inmediato te dirigiste a la cocina.

Observé el cuadro en la pared junto a mí, un cuadro barroco, con un marco de madera y adornos dorados. Me perdí en la pintura de un hombre, un rey en su trono. Frente a él, dos mujeres envueltas en túnicas; dos niños, uno vivo, uno muerto y un hombre con una espada desenvainada.

—Disculpa este temblor, estas manos hacen lo que quieren estos días —dijiste, interrumpiendo mi contemplación. Me entregaste el vaso derramando unas gotas sobre mí.

—No se preocupe, don Víctor —dije con una amplia sonrisa.

—Es *El juicio de Salomón* —respondiste al sentarte frente a mí. Señalaste la pintura evidenciando que me habías visto perdida en ella—. Un hijo murió y las madres pelean para demostrar que el niño que está vivo es suyo. El caso llega al rey, quien decide partir al niño en dos para que ambas tengan una parte. —Observaba el cuadro mientras narrabas la historia. Tú me mirabas a mí, mis labios y mis piernas—. ¿Sabes qué le indicó cuál mujer era la verdadera madre? — Negué con la cabeza poniéndote atención—. Una mujer dijo "no señor mío, denle a ella, al niño no lo maten", así supo Salomón quién era la madre. Se lo entregó a ella.

—Vaya historia —dije sorprendida regresando la mirada al cuadro.

—¿Crees que fue la mejor elección? —preguntaste con un tono sereno.

—Pues sí, ¿no? Por lo menos era la mujer que lo cuidaría más.

—Hay mucho que aprender de las madres —dijiste tranquilamente. Te tomabas el tiempo para hablar, como si buscaras con cuidado las palabras—. Las madres son como el dolor. Cuando uno siente dolor, lo puedes ver injusto, incómodo en la piel y el corazón, insoportable a veces. Pero el dolor es bueno, sana las culpas, es purificador del alma y es lo que te endereza el camino. En ocasiones, las madres muy amorosas, las que prefieren sufrir antes que ver sufrir a sus hijos, son las que más daño hacen.

Guardé silencio.

—¿Aprendiste a cocinar de tu madre entonces? —preguntaste de pronto.

—No, qué va… Para hacer esa gelatina tuve que llamarle y preguntar por la receta —dije riendo.

Bebí del vaso y miré una vez más la casa. No había polvo en los muebles, seguramente hechos por ti. No había basura, ni una envoltura o un papel perdido fuera de lugar—. A mi madre le gustaría este lugar. Mi casa es un completo desorden ahora.

—¿Vendrá pronto a visitarte?

—No, mis papás no viven aquí. Están a tres horas de camino. —Tomé de nuevo del vaso.

—¿Por qué decidiste hacer tu residencia en un hospital tan alejado de ellos, Dani? —Me soltaste el diminutivo para calcular mi reacción. Te alegró ver que me sentía cómoda.

Miré de nuevo tus cosas. Todas eran viejas, modelos antiguos, modas pasadas. Pero estaban bien cuidadas, retocadas con la mano de obra de un experto—. Quería alejarme de ellos. Ser más independiente —respondí—; me asfixiaban un poco. Mientras menos los vea, mejor.

—Es parte de ser madre. Te asfixia por que te ama. Te duele su sobreprotección. —Mientras tu boca hablaba, tu mirada te traicionó por un segundo. Alcancé a ver que tu mirada se dirigió a un retrato sobre una pequeña mesa junto a la escalera—. Algunas órdenes católicas aún se flagelan para sentir dolor… para purificarse. El dolor perdona. El perdón es amor. Es amor que duele.

—Quizá…

—La residencia absorbe mucho de tu tiempo. ¿No te asfixia?

—Bueno, sí… Pero es diferente, don Víctor —respondí con una pequeña risa nerviosa que a todos nos invade cuando somos descubiertos en una contradicción—. Pero es diferente.

Ser doctora me gusta. Estoy cumpliendo mis metas. Mis padres me limitaban.

Nos invadió un silencio incómodo que rompiste sin esfuerzo—. Veo que te marchas a las ocho y treinta de la mañana todos los días, pero nunca te veo volver…

—Sí, es que no tengo hora de regreso. A veces me quedo a dormir en el hospital, aunque se supone que mi salida es a las nueve de la noche —me mirabas sonriendo. Te deleitaba lo fácil que recibías la información que necesitabas—. A veces sólo duermo dos o tres horas, por eso mis ojeras.

—¿Y hoy?

—Hoy descansé. Si bien me va, descanso los martes.

—Ay, Dani, desperdicias tu día viniendo a hablar con un viejo —dijiste, poniéndote de pie.

—Por mí está bien. No tengo amigos ni nada que hacer.

—¿Nadie te espera?

—Nadie —respondí sin percatarme en ese momento que tus cejas levantadas eran porque escuchaste algo que te había gustado y no por algo que te apenaba, ¿no es así?— Si no fuera por usted, estaría sola sin hacer nada. Soy completamente nueva en la ciudad. —Me puse de pie también. Miré mejor el retrato de tu madre junto a la escalera. Sonreí—. Espero que le guste la gelatina. La hice con mucho cariño.

—Ya lo creo…

—Me retiro, don Víctor. Fue un placer hablar con usted y conocer su peculiar forma de ver a las madres.

—Cuando gustes. —Te dirigiste a la puerta—. Estará siempre abierta para ti. No te sientas sola, Dani.

Me marché. No me di cuenta de que en el taller frente a tu casa fabricabas la silla donde me amarrarías. No vi la habitación a prueba de ruido que años atrás construiste en el cuarto de huéspedes. No me di cuenta de que me habías tomado una foto sentada en tu sala cuando habías ido a la cocina por el agua. Mi gelatina de durazno te supo a gloria.

Frustración

Habías construido tu pequeño taller de carpintería treinta años atrás. El dinero por trabajar para la productora ayudó a comprar tus herramientas. En tus tiempos libres construiste en tu patio delantero un cuarto con suficiente ventilación, con contactos eléctricos y con una vista panorámica de la calle. En aquella época habías cargado las grandes hojas de madera solo, las habías acomodado para hacer las paredes. El piso fue más sencillo, pero no menos cansado. En el taller habías fabricado todo tipo de cosas, desde mesas y sillones, hasta buzones y lámparas. Construías para tus vecinos, para los miembros de la iglesia a la que ibas los domingos, para los recomendados que te llegaban. En ese taller habías hecho cada mueble de tu casa.

Fue un sábado, mientras trabajabas en tu silla especial, cuando conociste la frustración. Habías salido a las ocho de la mañana a caminar al parque, a tiempo para despedirte de mí con una amplia sonrisa cuando me marchaba al hospital. Tenías una silla sólida, de maderos gruesos y resistentes sobre la mesa de trabajo. Comenzabas a poner unas correas de cuero cuando unas risas te interrumpieron.

Los tres niños Rueda jugaban en la calle, particularmente vacía, con las molestas patinetas que habías construido un diciembre atrás. Esos niños que gritaban mientras reían perturbaron tu tranquilo trabajo. Al oírlos comenzabas a sentir la presión en tu cabeza, el calor aumentar en tu cuerpo. Murmuraste una maldición y seguiste en tu trabajo.

Los dos niños mayores tenían diez y once años, dejaban atrás al pequeño, un par de años menor, en una improvisada carrera. El sonido de sus risas agudas taladraba tus oídos, pero fue más molesto escuchar el llanto del mayor de los Rueda cuando perdió el equilibrio justo frente al taller. Había caído de bruces. Los hermanos se habían acercado a él para tratar de ayudarlo, pero seguía tumbado en pleno llanto.

Los miraste sin moverte. Esperaste con una sonrisa a que su inútil padre saliera y se los llevara. Pensabas que así, en silencio, podrías trabajar tranquilamente. Pero tu vecino no salía, el niño seguía tirado en la calle llorando. Con un resoplido molesto decidiste ir, resignado a tener que actuar de nuevo como el buen samaritano. Te acercaste paso a paso, no tenías prisa. Los hermanos menores te vieron llegar y se hicieron a un lado. El mayor sangraba de la nariz mientras chillaba junto a su patineta.

—Está sangrando mucho, señor—dijo el más pequeño con esa voz aguda que no soportas en los niños malcriados.

—No te preocupes —dijiste—, vamos a ver qué tiene. —Te agachaste lo más que pudiste—. ¿Puedes levantarte?

El niño negó con la cabeza, así que lo tomaste por el brazo diciéndole que le ibas a ayudar, y jalaste con fuerza. Un dolor intenso te paralizó. Debió ser como un rayo punzante que recorrió tu espina. No te pudiste enderezar. Gritaste de dolor, buscaste con una mano el hombro del hermano más cercano. Los niños se asustaron.

—¡Ve por tu papá! —le ordenaste al más pequeño.

—Pero papá está viendo el fútbol…

—¡No importa, ve por él!

Al poco rato, Iván Rueda llegó corriendo. Levantó a su hijo, te sujetó del brazo y los llevó con él hasta su camioneta. El dolor te golpeaba con cada salto del camino hasta el hospital. Fue cuando viste el nombre Santa Lurdes que te invadió ese sentimiento extraño que no sabías nombrar, y se intensificó cuando escuchaste mi voz al cruzar urgencias en silla de ruedas.

—Don Víctor, ¿qué le pasó?

—Ay niña, la edad me pasó factura —me dijiste con tanta frustración que tu voz se quebró.

—Yo lo atiendo— dije para poder llevarte a una camilla. El doctor pidió que te sacaran unas radiografías y te dieran medicamentos para el dolor.

Tumbado en la camilla del hospital, justo al lado del niño Rueda, aquel sentimiento crecía. Mirabas el techo tratando de identificarlo, era un nuevo enojo. Parecía pena, tenías la sensación de no completar algo, de tú estar incompleto.

El niño junto a ti, con el yeso en la pierna y tapones en la nariz, lloraba sin parar. Lo miraste bien, ese flacucho de once años que no pasaba de los cuarenta y cinco kilos había sido tan pesado como para lesionarte. ¿Por qué no habías podido cargarlo? Años atrás habías sido capaz de cargar a todas tus niñas, la madera, los muebles. Habías cargado todo por ti mismo y ahora un niño malcriado, llorón y molesto estaba en la camilla de al lado recordándote que no lo habías podido levantar. Chillaba agudamente, recordándote el dolor que sentiste en la espalda y la vergüenza al no poder moverte. No se callaba. Parecía un cerdo herido. Un maldito cerdo flacucho, ruidoso, molesto, irritante.

—¡Cállate ya! —le gritaste. El joven Rueda guardó silencio, te miró sorprendido. Le habías gritado y tú nunca le gritabas a nadie, te diste cuenta de eso. Tu voz estaba bañada de ese sentimiento extraño, estaba bañada de frustración. Al fin esa palabra tenía sentido para ti.

—Vaya, don Víctor. —Escuchaste mi voz en la puerta—. Se ha de sentir muy mal.

—Ay, niña, discúlpame, yo…

—No se preocupe, lo entiendo —traté de tranquilizarte—. El dolor lumbar puede sacar a cualquiera de sus casillas. Pero no es grave, es un dolor común en personas de su edad. Con pastillas y unos ejercicios será suficiente.

Personas de su edad, escuchaste resonar esas palabras en tu cabeza, cada eco era más fuerte que el anterior ¿Recuerdas cómo se sintieron en tu ego? Esa frase la escribirías en tu diario esa noche con mayúsculas, con una fuerza no convencional.

—¿Van a continuar? —me preguntaste.

—Me temo que sí. Debe evitar cargar cosas pesadas. —Con esta pequeña conversación tu frustración creció más y más—. No compre lo que le receten —me despedí de ti, viste mi juventud desaparecer por la puerta.

Te dieron de alta al mismo tiempo que al joven Rueda, su padre se ofreció a llevarte a la casa. No dijiste nada en el camino. Tampoco el niño que ahora te veía con miedo. Analizabas los componentes de tu frustración. Te diste cuenta de que tu edad y sus consecuencias serían un verdadero problema para llevar mi nombre a tu lista. Esa vejez, esa vida saliendo de tu cuerpo poco a poco se volvió a presentar en el aire, semejante a un ave de rapiña en pleno vuelo circular.

Al caer la noche, mientras tanteabas la decisión de renunciar a agregarme en la lista, oíste el timbre sonar. Pasaba la media noche, la calle estaba sola. Me viste de pie sosteniendo un paraguas. No te habías dado cuenta de la llovizna hasta entonces. Tu evidente sorpresa me causó una sonrisa.

—Vine a ver cómo seguía —te dije desde afuera.

—Pasa, pasa.

—No se preocupe, vengo rápido nada más. —Te

entregué una bolsa con medicamentos—. Tómese una cada ocho horas. Si tiene algún problema, hábleme. Ya sabe dónde vivo.

—No te molestes por un viejo como yo. —Tus manos comenzaron a sudar—. Estoy bien, mi niña.

—No es molestia, don Víctor, es mi trabajo. —Te guiñé el ojo para después irme a la lluvia que poco a poco aumentaba de intensidad—. Cuídese —me despedí perdiéndome en la oscura calle de San Damián.

Al cerrar la puerta, no pudiste evitar llevarte la mano a la entrepierna. La excitación había vuelto a ti. Esa vieja amiga que te animaba a seguir, a no claudicar, te decía en ese momento que valía la pena continuar pese a tu edad. Fue el peinado que llevaba esa noche, una diadema blanca dejaba caer mi pelo negro detrás de mis orejas. Te había excitado ese cabello, su contraste con la bata blanca del hospital. Me hicieron ver tan parecida a ella…

Mi apariencia te regresó la excitación y enterró la frustración de un solo golpe. Daniela, la doctora, estaría en esa lista sin importar nada. Ya encontrarías la forma, lo solucionarías, siempre hay un modo. Con el ánimo de vuelta te retiraste a tu habitación en espera de un nuevo día.

Satisfacción

La sierra de cuchilla circular Stanley era tu herramienta favorita. A diferencia de las sierras caladoras, de cuchilla recta, la Stanley no se rompía con facilidad ni se le atoraba material en el mecanismo. Cortaba la madera como cuchillo caliente la mantequilla. La podías cargar fácilmente y las refacciones eran accesibles. Por eso habías comprado dos cuando pudiste en tu juventud: una para tu taller y otra para tu pasatiempo clandestino.

Mirabas las sierras en un supermercado, apenas dos días después de tu accidente con la columna, cuando viste el nuevo modelo de la Stanley con cuchilla redonda, era la misma de hace menos de treinta y cinco años, pero más pequeña, más velocidades, más versátil. Un empleado del lugar se acercó sonriente.

—Señor Víctor, que alegría verlo por aquí. —Eras un cliente frecuente, uno de los favoritos del lugar por tu amabilidad y paciencia—. ¿En qué le puedo ayudar hoy?

—Gracias, pero ya me decidí. Me llevaré ésta. —Señalaste una sierra naranja, el mismo color de la primera sierra que habías comprado, cuando solo había dos nombres en la lista de tus niñas. Morías de ganas de agregar el tercero.

Habías comenzado a buscar jóvenes que reanimaran la excitación. Diste con una iglesia cristiana. Solías ofrecerte como voluntario para ayudar en lo que fuera a los pastores. Llevabas cinco meses acomodando a la gente que llegaba en los asientos. Veías a todos los creyentes que acudían, uno por uno. Sabías quiénes iban a las congregaciones, el número de miembros en cada familia, les hacías plática para saber dónde vivían, qué camino tomaban para llegar, quién se quedaba en casa. Ahí la conociste, ¿recuerdas? Ahí conociste a Jessica.

Cuando la viste por primera vez, decidiste hacerle plática a sus padres con tu naturalidad encantadora. Esa joven de poco más de quince años acudía a la congregación siempre con el mismo vestido blanco, siempre acompañada de sus padres. En tres semanas, y solo a base de la plática casual en la puerta de la iglesia, ya sabías que vivía a veinte minutos de distancia. Sabías en qué preparatoria estudiaba, en qué trabajaban sus papás, cuándo y dónde serían sus próximas vacaciones.

No podías dejar de ver a esa adolescente con vestido blanco, no perdías un centímetro de sus piernas, memorizaste el lugar exacto del lunar en su pantorrilla, imaginabas lo pura y suave que debía sentirse su piel clara. Te perdías en su cabello negro siempre peinado con mucho cuidado. Evitabas sus ojos de obsidiana, pero habías registrado con perfección su brillo especial. Lo hacías con tanto cuidado que nadie se había dado cuenta de tu fascinación por ella.

Te diste cuenta cuando comenzó a faltar. Cuando sus padres llegaron a solas por primera vez decidiste no decir nada, pero cuando se repitió al siguiente domingo no te costó trabajo enterarte de que Jessica se había inscrito a una campaña de ayuda para niños sin padres. Durante cinco domingos, los jóvenes se reunirían para ir a repartir alimentos y brindar atención básica a alguna casa hogar.

Jessica se quedaba sola en su casa una hora antes de irse a su voluntariado, así sería durante los próximos tres domingos. Habías aprendido de tu primera niña a tomarte tu tiempo, pero de la segunda aprendiste lo difícil que era deshacerse de un cuerpo de forma eficiente. Así que con Jessica te diste el gusto de buscar las herramientas adecuadas. Tuviste tiempo de ir a comprar una buena herramienta, una Stanley de cuchilla circular.

El domingo que tu tercera niña desapareció no fue necesario faltar a la congregación. Recibiste a todos los miembros con la tranquilidad y amabilidad que te caracterizaban. Víctor Vrases era ese joven apuesto y atento que toda madre quería para su hija, eras un digno sirviente de Dios, siempre sonriente, atento, divertido. Por suerte, para ti, la misa cristiana era un gran show que atrapaba la atención del público. Los miembros se olvidaban de ti, de ese miembro perfecto de la congregación. Te retiraste en silencio, sin prisa. Llegaste a tiempo a casa de Jessica, justo cuando iba saliendo por la puerta. Era un domingo a las nueve de la mañana. Una calle vacía te dio la oportunidad de acercarte a ella, convencerla con tu encanto de subir al auto, perderte en las calles alternas. En ese entonces eras tan fuerte que de un solo golpe la desmayaste, la llevaste a tu casa, la amarraste a una silla construida por ti. La amordazaste. Dejaste aquel portarretratos frente a ella.

Tuviste tiempo suficiente para que los miembros de la congregación te vieran al terminar la misa, despidiéndote de ellos sonriendo. Jessica fue tu primera niña perfecta. Tenías una excelente cuartada, te tomaste tres días con ella a solas, encerrada, amarrada a tu merced. Al terminar, estrenaste tu Stanley. Como no se le atoraba material en el mecanismo, fue fácil de limpiar. Jessica se convirtió en trozos tan pequeños que fue sencillo empacarla. La investigación no se acercó a ti en lo más mínimo. Le diste tu apoyo a sus padres y oraste los domingos por ellos y su hija. Seguiste yendo a la iglesia por años.

A todo eso le llamaste satisfacción total; se sentía muy bien. Deseabas sentirlo una vez más, conmigo. Esa sensación de control, de poder y de placer. Era una sensación que abarcaba más que la excitación. La excitación la sentiste desde que la viste entrar a la iglesia, con su vestido blanco y su cabello negro, hasta esos tres días. Pero solo era el banderazo de inicio de la carrera. La meta era la satisfacción que experimentaste al acabar. La explosión de placer en todo el cuerpo que te provoca ver la vida escapar de su mirada, tu pequeña muerte a cambio de la suya.

Por ello, un par de días después de verme en tu entrada con bata blanca y mi cabello negro, saliste de la tienda con tu nueva herramienta. Decidiste viajar algunos kilómetros más para comprar otra, una segunda sierra en otro supermercado, en otra jurisdicción. A ningún vecino le sorprendió ver al viejo carpintero de la colonia bajando de su auto una sierra nueva. A mí tampoco me sorprendió cuando te interrumpí mientras la instalabas en tu taller.

—Hola, don Víctor, ¿cómo sigue?

—Muy bien niña, muy bien —respondiste mientras atornillabas la sierra sobre la mesa de trabajo—. Gracias por preocuparte por mí.

—Se ve muy bien. —Te dije al notar ese nuevo brillo en ti, esa energía renovada.

Me miraste a los ojos, me sonreíste. Tu satisfacción se reflejó tan bien en los tuyos que fue la primera vez que sentí escalofríos—. Gracias a ti, mi niña.

Me retiré. Tú seguiste instalando la sierra en tu taller. La otra, la que cortaría mi carne y mis huesos, ya la habías llevado al cuarto silencioso, en el segundo piso de tu casa.

Miedo

Llevabas tres semanas observándome. No acostumbrabas a tardar tanto pero te topaste con dificultades que no habías experimentado antes. Te habías acostumbrado a seguir a tus niñas, atacarlas en donde eran más vulnerables: las cargabas, arrastrabas y movías desde ese punto hasta tu casa. Esta vez tenía que ser diferente.

Habías tomado con calma la elaboración de tu nueva estrategia para hacer las cosas. Podías hacer que tu nueva niña llegara a tu casa por sí misma, elaborar alguna herramienta para transportarla fácilmente. La opción más arriesgada era entrar a su casa y jugar con ella ahí, tal vez en su cuarto. Evaluaste todas las posibilidades hasta que llegaste a la conclusión que, al parecer, sería la mejor solución.

Habían pasado cinco años desde la última vez que fuiste a espiar a alguien, pero ahora sabías que regresaba hasta media noche o a primeras horas de la madrugada a mi casa.

El resto del día estaba en el hospital. Eso simplificaba algunas cosas, como la cantidad de personas que estaban al tanto de mí; pero complicaba otras, como el tiempo que estaba sola y cerca de tu casa.

San Damián era una colonia con rutinas bien establecidas. Sin ponerse de acuerdo, casi por ley, las calles quedaban solas alrededor de las diez de la noche, las casas se apagaban, se hacía el silencio cerca de las once. Además de uno que otro adolescente vago, yo era la única persona que regresaba tan tarde. Aquella noche recorriste las calles de la cerrada evitando las luces lo más posible. Te alegraste al no ver el Chevy rojo, tenías tiempo de mirar dentro de mi casa, aunque no sería la primera vez que entrabas en ella.

Agregaste a Clara Montalvo a tu lista hace dieciocho años. Habías ido a arreglar una mesa de té. Mientras ponías cola a una pata de madera, sentado en el suelo en medio de la sala, viste entrar a un par de niñas con su uniforme escolar. La mayor tenía trece años; pasó junto a ti para dejar la pesada mochila en un sillón. Fue su olor el que te provocó aquella excitación de nuevo, un olor a dulces y sudor, combinado con ese perfume de fresa que se hace especialmente para niñas. Olía a virgen en desarrollo, a infancia luchando por permanecer mientras las hormonas obligan al cuerpo a convertirse en mujer. Su piel hacía honor a su nombre, su pelo caía en cascada en una coleta despeinada por los juegos del receso. Su falda de cuadros verdes gritaba con fuerza que se la arrebataras.

Pasaste semanas espiándola, siempre con cuidado. Habías descubierto lo fácil que sería desmontar la puerta de la cocina apenas sobrepuesta y recolocarla, para poder quitarla aunque la cerraran con llave. Hace dieciocho años lo habías hecho cuando la casa estaba a solas, y años después lo repetiste conmigo, ¿verdad, Víctor?

Te tomaste el tiempo para no dejar ninguna marca mientras la desmontabas. ¿Te llamó la atención lo diferente que se veía la casa? Seguramente los Montalvo la tenían más limpia a pesar de sus hijitas. Hace dieciocho años era un hogar; conmigo, un espacio nada más, poco barrido y menos atendido. Recorriste las habitaciones percibiendo el olor que deja una joven descuidada: comida pasada, polvo acumulándose, ropa sucia. Recordaste ese perfume a fresas mientras entrabas a la habitación que había sido de Clara, que ahora estaba completamente vacía. Cuando entraste a la mía, ¿qué olor percibiste? ¿Tuviste una erección? ¿Tomaste la ropa interior sucia que había dejado en el suelo para olerla?

Clara había sido fácil de trasportar en la noche, mientras sus papás estaban en alguna fiesta, un octubre de hace dieciocho años. Retiraste la puerta. La hermana de seis años dormía arriba; a Clara la encontraste dormida en el sillón con la tele encendida. La drogaste y la sacaste cargando. Colocaste la puerta procurando no dejar marcas. La llevaste hasta tu auto estacionado en el parque, manejaste un par de cuadras, la bajaste envuelta en tela. La metiste a tu cuarto especial, la amarraste, la amordazaste. Pusiste aquella foto frente a ella, siempre interesado en que tu madre viera todo tu juego.

Ahora no podías hacer lo mismo. Tanto cambia el cuerpo en cinco años que debías lograr lo mismo sin esfuerzo físico. El sólo hecho de quitar la puerta te había agotado más de lo que recordabas. Miraste mis muebles, esos muebles prefabricados mal hechos. Buscaste uno fácil de cargar, que pesara poco, un mueble indispensable para una joven. Viste en mi comedor una mesa pequeña con cuatro sillas. No era madera, era aserrín revuelto en cola que se comprime hasta crear una hoja semejante a la madera. Un mueble barato, propenso a deshacerse con el uso. Tomaste la silla, fácil de cargar, pesaba poco y era indispensable. Le zafaste con cuidado una pata, la acomodaste de tal forma que no se notara, seguía siendo una silla útil a la vista.

Terminaste tu trabajo justo cuando escuchaste el auto llegar, las luces iluminaron el comedor. Tomaste tus cosas, corriste a la salida trasera pero no llegaste a tiempo. La puerta principal se abrió, te escondiste en la cocina, en el suelo. Sabías que desde la entrada se puede ver también la puerta trasera. Guardaste silencio.

El miedo se siente directo en el corazón: se acelera, hace que el cuerpo se caliente tanto que el sudor vuelve muy sensible cualquier brisa de viento, se siente un sudor frío. La taquicardia provoca una sensación de vacío en el estómago, los sentidos se agudizan. Ese miedo que sentiste no era porque había entrado a mi casa mientras tú estabas en ella, eso lo podías controlar, era cuestión de adelantar algunos pasos e improvisar otros; el miedo te invadió al escuchar una voz masculina que me acompañaba, una voz joven, vigorosa, que pertenecía sin duda a un hombre más fuerte que tú.

Duda

La policía acudió rápido al llamado de los padres Montalvo. San Damián se había convertido en noticia por primera vez en su historia. Clara había desaparecido de la nada. No forzaron las puertas o ventanas. No había signos de lucha, la evidencia decía que la niña de trece años había estado viendo tele hasta tarde y, de pronto, se esfumó. Se desvaneció sin una maleta, sin objetos personales, sin rastros de lucha o sangre.

Apenas te llegó la noticia, gracias a doña Martha que estaba en primera fila observando desde su tienda, fuiste con los vecinos a ofrecer tu ayuda. Viste a los padres desconsolados, a policías entrando y saliendo del domicilio. Algunos vecinos fuera del área acordonada, hundidos en murmullos y miradas morbosas. Un oficial aprovechó para tomarte declaración, tú cooperaste sin problemas. Mejor cooperar ahí que en tu casa. Ibas por las mañanas a la casa de Clara, les llevabas algo de comida; hablabas de Cristo con su madre, organizabas un grupo de búsqueda con su padre. Por las tardes trabajabas en tu taller. En las noches ibas a la habitación a prueba de ruido. Te encargaste de preparar bocadillos para los Montalvo en su cocina, solían quedarse casi completos. Después de once niñas en tu lista, la experiencia había jugado a tu favor.

Pasó el tiempo para el matrimonio, más flacos y desgastados se separaron. Abandonaron el hogar. Años después estabas de vuelta en esa cocina, tirado en el suelo, sosteniendo la respiración y escuchando con cuidado.

—No me refiero a eso —me escuchaste decir en cuanto entré a la casa. La luz se encendió.

—Pues entonces no sé qué quieres decir. —La voz de ese hombre sonaba molesta.

—Sólo hay veces que ya no estoy tan segura de esto —respondí y notaste mi voz débil, casi con miedo.

El hombre golpeó alguna pared—. Más te vale que sea una duda pasajera. No me puedes hacer esto. Ya me hiciste venir hasta acá, ¿para qué? ¿Para nada?

—No todo se trata de ti, David —respondí, esta vez enojada.

—Cuando empezamos esto sabías que iba a ser difícil. Yo no quiero perder el tiempo con alguien que no sabe lo que quiere. ¿Sabes cuántos trabajos rechacé por ti?

—¿Qué estupideces estás diciendo? ¿Neta crees que todo lo que he hecho lo haría si no supiera lo que quiero? He hecho todo lo necesario, todo lo que me has dicho. —Comenzaste a detectar un ligero llanto entre mis palabras.

Fue ahí que te asomaste poco a poco. Efectivamente, estaba llorando, me cubría la boca con la mano mientras hablaba. Llevaba mi bata y aún tenía mi bolso bajo el brazo. David era un joven apenas unos años mayor que yo, tenía una chaqueta de mezclilla y un corte casi al ras del cuero cabelludo. Un pensamiento pasó por tu cabeza cuando viste los tatuajes de su brazo: ¿Qué hace con ese tipo?

—Escúchame bien —dijo David amenazándome con el dedo—: no viajé quinientos kilómetros para que me salgas con estas pendejadas. Tienes esta noche para pensarlo bien. Más te vale que lo pienses bien, porque mañana en la mañana no quiero oír que estás confundida, quiero escuchar que ya lo tienes claro, que vamos a seguir como si nada hubiera cambiado. Hicimos un trato y yo cumplo siempre mi parte del trato.

Te molestaba tanto cada palabra de ese hombre que, sin darte cuenta, habías tomado el martillo con fuerza y lo tenías ya dispuesto para dar un golpe certero en cualquier momento.

—¿A dónde vas? —grité cuando David se acercaba a la puerta—. ¿No ibas a pasar la noche aquí?

Por un momento sentiste que David se acercaba a mí dispuesto a soltarme una cachetada. En cuclillas, diste un pequeño paso dispuesto a saltar de tu escondite apenas escucharas el golpe. Podías sentir el martillo hundiéndose en su cabeza, rompiendo el cráneo y salpicando de rojo toda la habitación. Comenzaste a sentir un agradable sabor a hierro en la boca.

—Voy a un bar o algo, prefiero pasar la noche en un motel mientras lo piensas —dijo antes de salir. Pudiste ver cómo mi llanto, que había tratado de contener en su presencia, se liberaba tras la puerta cerrada. Lancé mi bolso al sillón más cercano, subí a mi habitación arrastrando los pies.

Sentías la presión en la cabeza y los dientes rechinar. Enojo. ¿Por qué? Esperaste a que subiera todas las escaleras para salir con cautela. Alcanzaste a ver cómo David arrancaba en una motocicleta negra con asiento de piel cuando te incorporaste a la calle. Corriste hasta tu casa, esta vez poco te importó que te vieran los vecinos. Corriste hasta llegar a tu auto. Estabas decidido a seguir a David.

Saliste de San Damián y por instinto te dirigiste al centro de la ciudad. Comenzaste a buscar motocicletas estacionadas, hombres con chaquetas de mezclilla. Mientras dabas vueltas en tu camioneta por el centro de la ciudad aquel enojo volvía a tensar tus músculos. ¿Por qué te hizo enojar tanto lo que pasó? ¿Te molestó la pelea, la amenaza de David, mi llanto o la forma en que me trató?

Al no encontrar señales de aquel joven, tus emociones fueron calmándose, las dudas fueron cambiando de dirección. ¿Por qué te hacía enojar el trato que me daba el patán de mi novio? ¿Cuándo te habían importado tanto los problemas personales de tus niñas? Pocas veces te habían embargado tantas dudas sobre algún sentimiento, sobre lo que pasaba en tu mente.

Deseaste encontrarlo y, por primera vez, agregar un nombre masculino a tu lista. Más bien sería una lista distinta, una lista en la que habría nombres de personas que merecían morir. Él sería el primero y vendría a sumársele cualquier persona que me hiciera daño. A mí, a tu niña Daniela. ¿Por qué? ¿Por qué te estabas preocupando por mí? ¿Por qué dabas por hecho que yo iba a durar tanto tiempo con vida como para que pudieras matar a los que me hicieran daño? ¿Qué no ibas a matarme en unos pocos días? ¿Qué cambió?

Todas esas dudas perdieron importancia. Habías detenido el auto. Viste las calles apenas transitadas en la noche. Duda... La duda se siente como un vértigo incontrolable. No sabes si dar un paso hacia adelante o hacia atrás en el abismo. Te hace sentir vulnerable, frágil, sin control. Decidiste volver a San Damián. No ibas derrotado por no encontrar a David; estabas absorto en todas esas preguntas que te golpeaban la cabeza como cientos de palomillas intentando atravesar una ventana.

Las torretas de una patrulla te detuvieron. El policía te ordenó orillarte. Se acercó a ti y bajaste el vidrio.

—Señor, iba a más de cien kilómetros por hora en un máximo de sesenta.

—Discúlpeme, oficial, no me había dado cuenta. —Era cierto, tu mente estaba más ocupada en otras cosas.

—Parece asustado, ¿está bien?

Decidiste sonreír. —Sí, estoy bien, solo estoy enfrentando problemas que no había enfrentado antes.

—Un señor de su edad no debería manejar a estas horas. ¿Seguro que está bien?

—Sí, de verdad, oficial.

El oficial revisó con la mirada el interior del auto. Miró de nuevo tu rostro y sonrió. —Lo dejaré ir esta vez. Deje de pensar en sus problemas y concéntrese en el camino. Parece adolescente enamorado. —Soltó una carcajada a la que respondiste incómodamente. Agradeciste la cortesía y el oficial se fue.

Volviste a casa. Subiste a tu cuarto. Tenías la necesidad de escribir en tu diario todo lo que había pasado. La forma en que entraste a mi casa, tus recuerdos de Clara, mi pelea con David, tu enojo, las dudas… todo. Te recostaste, pero tardaste en dormir. Lo que había dicho aquel policía daba vueltas en tu cabeza.

Desprecio

El desprecio era completamente falso, o eso creías tú. Aquel que actúa con desprecio es porque no sabe la realidad, vive una mentira. No se puede conocer el valor real de una persona, menos el valor de sí mismo, por eso pensabas que cualquiera que actúa con desprecio hace eso, actuar.

Hace algunos años, cuando la juventud te brindaba ingenio y habilidad, la televisora te había pedido algo fuera de lo común. Debían grabar algunas escenas musicales, pero el sonido debía ser original, debía escucharse perfectamente, claro, sin eco. Decidiste hacer una gran habitación a prueba de sonidos en el estudio, así el sonido no rebotaba dentro; la acústica era perfecta. Una ventaja adicional era que el sonido no salía y no molestaba otras producciones en el estudio.

Ese trabajo te había dado una gran idea. Cubriste la habitación de huéspedes de tu casa con paneles de espuma, tapizaste las paredes, el techo, el piso, también la ventana y la puerta. Quitaste los ángulos comunes de la habitación con más espuma. El resultado había sido mejor de lo que esperabas. Habías probado su eficacia con una bocina a toda potencia, afuera no se escuchaba la música, acaso un murmullo inentendible que pasaba por alto cualquier oído distraído.

Pero debías probar esa maravilla en un caso real. Estrenaste esa habitación con Mariana, tu quinta niña. Mariana había sido una actriz que no daba de qué hablar, apenas hacía apariciones de extra o papeles con una o dos líneas en las novelas de la televisora. Su actitud te enloquecía, te recordaba a tu madre.

A pesar de ser una actriz de relleno, andaba por los sets con prepotencia. Solía tratar mal a los trabajadores como tú, al electricista, al camarógrafo y al asistente. Los miraba por debajo del hombro, contoneaba sus caderas esperando provocarles, ¡vaya que lo hacía! Todos expresaban sin pena sus deseos hacia Mariana. Tenía la misma arrogancia que tu madre, el mismo desprecio en sus ojos. También tenía el cabello negro y la piel tan blanca que se podían ver algunas venas con facilidad, igual que tu madre.

Esperaste que terminara una grabación tarde. No hubo prensa interesada en la desaparición de una extra que apenas y se podía ver detrás de los protagonistas. La llevaste a la habitación, la amarraste en la silla especial, cerraste la puerta y saliste. La dejaste sin mordaza, no escuchaste sus gritos en la casa; fuiste al patio delantero y tu casa parecía vacía, igual pasó en el patio trasero. Cuando volviste al cuarto escuchaste los fuertes gritos de Mariana pidiendo ayuda, suplicando y maldiciendo. La habitación era un éxito. Pusiste la fotografía de tu madre para que viera. Habías ido al día siguiente por tapetes de uso rudo, la espuma dificultaba caminar dentro de la habitación.

Disfrutaste de Mariana por seis días, arrancaste esos ojos que miraban con desprecio mientras recordabas la mirada de tu madre. Cortaste esa piel blanca y perfecta, tan cuidada como la piel de tu madre. Pudiste disfrutar sin miedo esos gritos: había perfección, había excitación y un inmenso placer. Ese cuerpo sin límites. Tus vecinos, todos los días, seguían sonriéndote en las mañanas, ajenos al ruido de tu habitación de huéspedes.

Amor

Días antes habías cambiado algunos paneles de espuma deteriorados por el tiempo. Colocaste la nueva silla en aquella habitación. Fijaste las patas al suelo y te diste cuenta que lo estabas haciendo con más ánimo. Parecía que estabas reviviendo aquella sensación de tus primeras niñas. Te diste cuenta de que, con el pasar del tiempo, te habías acostumbrado a agregar nombres a la lista hasta llegar al punto en el que lo hacías como por costumbre. Le habías perdido el gusto.

Al principio pasaban meses entre una y otra; poco a poco, esos meses alcanzaron el año o años de distancia. Fue creciendo gradualmente hasta que un día dejaste de hacerlo. Pero ahora, esa palpitación en tu pecho, al poner la silla especial, era reconfortante. Habías descubierto lo que te había orillado a hacerlo desde un principio. La razón de ser.

El amor es como un gran golpe al estómago. Te parecía estúpida la imagen de las mariposas, más bien es como un vacío creciente y hambriento. El amor es como una bestia en tu interior que devora todo sin saciarse. Lo habías analizado desde hace años, una emoción extraña y única. Devora tiempo, esfuerzo, trabajo. Devora el cuerpo de los seres involucrados en el amor. Solo cuando acaba con todo a su paso, el amor se calma y te recompensa en forma de placer, pasión o alegría. Se acurruca en el estómago igual que un gato ronroneando, se vuelve adictivo. El amor es placer, solo así pudiste entender cómo era posible que se entregaran las personas como lo hacen. Sin amor, las cosas que hacemos tienen menos sentido, se sienten distantes, como si fueran de otra persona. El amor las acerca, las mantiene interesantes.

Por eso, cuando descubriste aquel amor emanando de ti, te volvió el gusto por la caza. Viste con más claridad lo que habías sentido en mi cocina. Aquel oficial tenía razón, eras como un adolescente enamorado. Cuando viste a David amenazándome, cuando sentiste que podía golpearme, redescubriste el amor. ¿Cómo alguien como tú puede amar?

Esas dudas te embargaron cuando saliste en persecución de ese joven, solo que no lo entendías en el momento, pero ahora… ¡Ahora era tan claro! No estabas enamorado de mí. ¡No! Para nada. Estabas enamorado del deseo de matarme, de las ganas de orillarme a tu casa alguna noche, de drogarme… de que todo funcionara. Y ese bastardo se estaba entrometiendo. Te nació el miedo de que me golpeara y se adelantara a tu deseo. Querías que muriera entre tus manos, no en las suyas. Qué difícil es el amor, ¿verdad? Te llenó de dudas, de miedos. Te hizo temblar pensando que quizá ya no querías asesinarme. Pero no era así, estabas enamorado de ti y de tu trabajo.

Cuando saliste de la habitación de huéspedes escuchaste que tocaban la puerta. Esa bestia se agitó en tu estómago hambrienta cuando me viste en la puerta de tu casa con una silla rota en los brazos.

—Don Víctor —dije con una sonrisa apenada—, perdone que lo moleste pero esta baratija me hizo dar un sentón horrible.

—No es molestia, mi niña —respondiste mientras te lamías los labios. Con tus manos temblorosas buscaste entre tus llaves la que abría la puerta del taller—. Con gusto te la arreglo. Muebles de fábrica… son de juguete.

—Pero son baratos —respondí jugando—. Por ahora no me puedo dar el lujo de gastar tanto.

—Ponla dentro, linda. —Te agradecí por recibirla y me marché. Debía llegar al trabajo. Me viste alejarme, mi cabello negro bajo el sol de la mañana te hizo recordar tu amor.

Entraste a tu casa casi saltando. Tardarías un día nada más en tener la silla, pero te tomarías tu tiempo para ir por algunas cosas que te hacían falta: plástico para cubrir de las salpicaduras. Ácido clorhídrico que irías comprando poco a poco para no llamar la atención. Bolsas negras. Todo fácil de encontrar, te tomaste ese día el tiempo suficiente para hacerlo, disfrutabas el proceso: ver precios, calidades, resistencias.

Estabas en un supermercado, una de esas tiendas enormes que se fueron apoderando del comercio con el paso de los años, analizando los tamaños de las bolsas cuando viste a David cruzar el pasillo. Usaba la misma chamarra, el tatuaje del brazo, el cabello casi a rapa lo delataron. Echaste el paquete de bolsas al carrito y lo seguiste a distancia. Llevaba un paquete de seis cervezas en una mano, caminaba como si nada le importara. Se dirigió a las cajas, pagó y se fue. Tú debiste dejar tu carrito para poder seguirlo.

Estaba sentado en su moto, bebía una cerveza mientras guardaba el resto en la maleta. Te dirigiste a tu auto, esta vez no lo perderías de vista. Lo seguiste para descubrir que se estacionó en mi casa. Te molestó ver que tenía llave para entrar. Antes de ir a espiarlo por la ventana diste una rápida mirada a la calle, doña Martha desde la tienda o cualquier mocoso entrometido podía atraparte si pasabas mucho tiempo observando como un pervertido. Aun así lo hiciste, te escondiste bajo la ventana de la sala, donde podías escuchar y ver con perfección.

—Sí, todo tranquilo —escuchaste decir a David. Hablaba con alguien por teléfono acostado a lo largo del sillón, con las cervezas a la mano—. No sé qué va a pasar, todo depende de cómo actúe. De cómo responda, ¿me entiendes? Sí, no te preocupes, wey, ya pensé en eso. —Soltó una risa desagradable—. Vine preparado. —Entonces notaste que sobre la mesa de centro había un arma de fuego—. Si se pone complicada la cosa, ¡bam! Me quito de problemas. Ya sabes que yo no me ando con juegos, las cosas salen como yo quiero, sí o sí. Sencillo, wey, a lo que voy. —Volvió a reír—. Sí, sí, sí, ya te dije que no te preocupes. Solo es por si las moscas, yo quiero que todo salga bien.

¡Pero qué cosas nos hace hacer el amor, ¿no, Víctor?! Te levantaste furioso y te dirigiste a la puerta principal. Golpeaste con fuerza ¡Ese desgraciado pensaba asesinarme! No podías permitirlo, antes lo matabas tú. Escuchaste a David levantarse e ir a la puerta. La abrió como si fuera el dueño de la casa. ¡Qué arrogancia! Te miró directo a los ojos. Entonces soltaste un golpe, el golpe más fuerte que pudiste dar.

Odio

David te esquivó con tanta facilidad que echó a reír, te empujó al jardín tras tu segundo intento de atacarlo. Te caíste, sentiste que algún hueso se te rompió, tal vez el coxis. Él no dejaba de reír mientras te veía en el suelo.

—¿Te gusta Daniela o qué pedo? —te preguntó. No pudiste responder por el dolor. Viste que su rostro se transformó poco a poco, como si la duda lo invadiera—. Viejo, ¿quién eres?

—Aléjate de esa niña —dijiste al fin—. Te lo advierto.

—¿O qué?

Miraste con odio a ese hombre. El odio es ciego, es visceral. Es quizá el instinto más animal de la humanidad, difícil de controlar, de entender, de evadir. Pero no solo comenzaste a odiar a aquel hombre que sin un solo golpe ya te había vencido, sino que te odiabas a ti… a ti, viejo y acabado, derrotado por un empujón a pesar de tu rabia.

Conociste el odio desde muy pequeño: de cierta forma odiabas al odio. Bajo su tutela te educaron, te disciplinaron. La mirada materna la reconocías como ese sentimiento. Tu padre huyó cuando naciste, jamás lo conociste y lo que te hablaban de él era difícil de creer porque te lo decían con odio. No culpabas a ese hombre por huir, culpabas a la sociedad que había permitido que el hombre se desentendiera de sus responsabilidades paternas. Siempre creíste que tu padre era una víctima del sistema, un ser débil, fácil de manipular. Tu padre fue coherente en esa decisión, se fue, no volvió; no vino a reclamar, ni a conocerte ni a educarte a medias.

Pero tu madre era diferente. Ella tomó decisiones incongruentes. Decidió quedarse contigo pero odiarte por ello. Habrías preferido que te diera en adopción, así ella sería una víctima más. Decidió educarte sin estar nunca satisfecha con los resultados, siempre estabas mal, hacías las cosas mal, te equivocabas, mentías sin mentir, gritabas en silencio o simplemente eras muy feo. Qué incongruente era eso, responsabilidad forzada, maternidad de mentira.

Sus ojos eran diferentes cuando veía a otras personas, pero contigo era siempre la misma. Odio, desprecio, rencor. Había ocasiones que no necesitaba decir palabra alguna, con la mirada bastaba para desarmarte ¿Qué tan solo te sentías? ¿Llorabas en las noches en el rincón de tu cama? ¿Alguna vez sentiste amor de alguien? Tu madre te odió hasta el día de su muerte. Volvías de la carpintería donde aprendiste tu oficio cuando viste tu casa rodeada de gente.

La versión que te dieron fue que había sido un robo que salió mal. Pero escuchaste de los vecinos que la habían violado y torturado. Al principio sufriste, pero con el pasar de los años te diste cuenta de que la vida era mejor sin tu madre. El carpintero te había adoptado, había sido un hombre duro pero te enseñó a amar la profesión. Dejaste de sentir las miradas de odio y desprecio. Tu madre se convirtió en la personificación de lo que estaba mal en tu vida.

"Qué bueno que murió", escribirías años después en

tu diario. El odio desapareció un tiempo, pero ahora volvía, esta vez a tu mirada. David estaba de pie frente a ti mientras te invadía el dolor de la caída.

—Vamos, viejo, levántate y vete —dijo con una sonrisa en la boca.

Comenzaste a levantarte. En el momento agradeciste que no te habías fracturado como pensabas.

—Más te vale que no te vuelva a ver por aquí. Aléjate de mi chica —te amenazó antes de volver a la casa.

Subiste con lentitud a tu auto, tenías que dar pasos cortos para que doliera menos. Llegaste a tu casa sin poder subir las escaleras, te tumbaste en el sofá. Dormiste sin descansar. Habías puesto boca abajo el retrato de tu madre, esta vez no querías sentir su mirada llena de desprecio y decepción sobre ti.

Rencor

Habías pasado toda la mañana con el dolor terrible del día anterior, ese dolor que invade con el músculo frío sin adrenalina. Arreglaste mi silla adormecido por una alta cantidad de analgésicos. Agradeciste la simplicidad del trabajo sentado en el sillón mientras bebías un vaso de *whiskey* para el dolor.

Repasaste con tranquilidad el plan que habías ideado, analizaste cada posible resultado pero cada vez se presentaba con más fuerza un defecto de logística, más que un defecto: un problema, un obstáculo, un intruso. Ese hombre complicaba todo. Podía ir él a recoger la silla en mi lugar; aparecer cuando me subieras arrastrando por las escaleras; podía ayudar en la investigación de la policía sobre mi desaparición, incluso entrar a tu casa en mi búsqueda, y aunque nada de lo anterior pasara, no dejaría que disfrutaras de mí como debía de ser.

Todo indicaba que tu plan se había desmoronado. En

ese momento te embargó una calma de resignación, la misma de alguien que se rinde sabiendo que no tiene que seguir luchando. A fin de cuentas, ¿no eran solo sueños de un viejo ocioso? ¿No se trataba de una crisis de la edad, un último intento del alma para no sentirse vieja de camino a la muerte? Sonó el timbre de tu casa. Tras un bufido te levantaste. Seguías maldiciendo por lo bajo cuando abriste la puerta y te encontraste a tu vecina de enfrente, con su típico traje gris y un chongo bien amarrado.

—Hola, don Víctor.

—Hola, María, ¿cómo estás?

Ella se hizo a un lado para dejarte ver un buró rústico con una puerta colgando.

—Creo que se rompió donde va la bisagra, pero la bisagra está bien.

Un calor invadió tu estómago y recorrió tu pecho. ¿Es tan difícil responder a un "cómo estas"? Era normal que solo te buscaran para arreglar sus muebles, pero te pasabas los días fingiendo ser un estúpido vecino amable, cristiano e inofensivo como para no merecer un poco de cortesía. Llevabas una vida viviendo frente a María, la habías conocido siendo adolescente, la saludabas todos los días en las mañanas ¡¿No merecías la misma cordialidad que tú le dabas?!

Casi medio siglo siendo un hombre honorario, llegando a la casa con las mejillas adormecidas de tanto forzarlas, dar detalles estúpidos para que todos crean que eres el mejor vecino, el mejor empleado, el mejor feligrés. ¿Para qué? Para que no pudieras cumplir un último deseo, no poder llevar a cabo lo único que te hacía feliz. Para que al final te dieras cuenta de lo viejo que estabas y del poco respeto que la gente te tenía. Respiraste hondo.

—Déjame ver ese bebé —dijiste con una sonrisa forzada que siempre te había funcionado pero que ahora no merecía respeto.

Te agachaste para mirarlo, pero la posición era incómoda. El dolor en la espalda baja te volvió como un pulso que recorre los nervios. Lo tomaste con las manos para cargarlo, procuraste que el peso de esa madera rústica cayera en las piernas, pero aun así el dolor lo dificultó todo. Llevaste el buró a la mesa de trabajo del taller. Al dejarlo te tomaste un segundo para sobarte la espalda con una mueca de dolor.

—¿Está bien? —preguntó María.

—Sí, solo es esta vieja espalda —dijiste. Pero no estabas bien, estabas frustrado. Un solo empujón y ya no funcionabas bien. Tu excitación se había esfumado. Te habían quitado las ganas de hacer por última vez lo que más disfrutabas de esta vida insípida. Miraste la puerta del buró.

—Tienes razón, María, la madera es la que se rompió, voy a tener que rehacer la puerta de cero.

Tomaste un desarmador para quitar la bisagra restante. El movimiento y la fuerza que necesitaste para quitar un tornillo provocaron otra punzada en el coxis. Te llevaste una mano a la espalda con una ligera queja.

—¿Sí puede hacerlo?

El rencor es como una bacteria carnívora, entra al cuerpo, lo devora poco a poco, y para cuando te das cuenta ya es tarde. Te ciega, es el principal enemigo de la inteligencia, trata de imitar a la locura. El rencor es traicionero, se esconde, se expande hasta que no puede contenerse más y te traiciona, ataca.

Ese rencor dentro de ti creció tanto y tan rápido que explotó. Recorrió tu estómago, subió como un fluido gástrico hasta tu garganta, igual de irritante y molesto. —¡Claro que puedo hacerlo! ¡He pasado toda mi vida haciendo esto, es lo que mejor puedo hacer! No voy a permitir que por verme viejo me hagan sentir así, no voy a permitir que un estúpido me arruine todo. ¡No es la primera vez que lo hago ni la última!

María se te quedó viendo estupefacta. Tartamudeó un poco antes de que te dieras cuenta de lo que había pasado. Te disculpaste, le inventaste alguna excusa sobre tu comportamiento y volviste a la casa. No ibas a permitir que un estúpido te arruinara todo. Tú eras el mejor, nadie te había detenido en años, ni civiles ni profesionales. Tú eras el mejor. David debía eliminarse de la ecuación.

Determinación

Buscaste con la mirada en la sala. Sentías los nervios enloquecidos, como si les invadiera un fuego imposible de apagar. Tomaste el jarrón de la mesa de la sala para tirarlo con fuerza. Con un trozo hiciste un corte en la palma de tu mano, tan profundo como para que no pudiera arreglarse con un curita. Fuiste a la cocina por un trapo, envolviste la herida y saliste de San Damián en dirección al hospital Santa Lurdes.

En urgencias te atendieron con una irritante lentitud y tranquilidad, se hizo más notorio después de exigir que te atendiera la Doctora Daniela Kofe. Esperaste en la sala rodeado de enfermos y heridos. Implementaste tus energías en resolver tu único problema: David.

Al pasar me viste ocupada con unos papeles. —Hola, niña —me llamaste.

—Don Víctor, ¿qué hace acá de nuevo y tan pronto? —te dije con una auténtica sorpresa. Dejé los papeles para acercarme a ti.

—Me caí en la sala, me golpeé la espalda y me corté la mano—respondiste mientras te examinaba la mano que no paraba de sangrar.

—Dios Santo. Esto está muy mal —dije mostrándote una mirada de preocupación. Ordené que me llevaran desinfectante y agujas para suturar.

Me miraste todo el tiempo mientras te tendía la mano, me platicaste la historia de tu caída, de lo mucho que querías ese jarrón, del dolor de tu espalda. Te tranquilizó el no escuchar de mí alguna queja por haber ido a pelear con el hombre en mi casa. Tus nervios se tranquilizaban con el analgésico. El avispero de tu mente se iba quedando en silencio.

—Vi a tu novio en la mañana mientras caminaba en el parque —dijiste al fin—. Vive contigo.

Mi concentración seguía en la herida. No te miré, pero notaste un cambio de actitud, tal vez sentiste mis músculos tensarse o simplemente la atmósfera se hizo más densa. —Solo se está quedando unos días —dije.

—Perdona que me meta, pero no se ve del tipo de hombre que te convenga —me dijiste. Levanté la mirada para encontrarla con la tuya, te sorprendió ver en mí una gran sorpresa, luego sonreí, te diste cuenta de que estaba a punto de soltarme en risas—. ¿Dije algo gracioso?

—No, no, don Víctor —te respondí al momento de volver a mí trabajo—. Solo que se parece mucho a mi papá. Es algo que él diría.

—Claro, se preocuparía de que salieras con alguien como él —respondiste de inmediato.
Guardé silencio. Se volvió incómodo. Al romperlo lo hice con un susurro. —Hay peores.

—No, mi niña, no debes estar con alguien solo porque no es tan malo. Debes buscarte al mejor —me respondiste enojado, como si te molestara que me dejara de alguien más.

En ese momento había terminado de suturar y comenzaba a envolverte la mano en vendas. —¿Por qué se preocupa tanto por mí, don Víctor?

—Pues porque te quiero. Has sido muy buena conmigo —me respondiste.

Te regresé la sonrisa más grande que tenía. —Usted es muy bueno conmigo. Voy a tomar en cuenta su comentario.

—Hazlo mi niña, hazlo.

—Bueno, ya terminamos aquí, debo irme. Los heridos vienen en montón estos días —comencé mi marcha hacia los papeles pero me interrumpiste.

—Mi niña —me llamaste—, ¿podrías prestarme tu celular? Quiero llamarle a alguien para que venga por mí. —No había sido suficiente para ti que tomara en cuenta tu consejo. Eso no servía, ni aseguraba que David se fuera pronto. Tenías que hacerlo tú mismo.

—Ahm… ¿Quiere que le llamemos a alguien? —te dije dubitativa.

—Me gustaría hacerlo yo, pero por las prisas olvidé mi celular —dijiste enseñándome la mano vendada—. Será sólo un segundo. Estoy muy viejo para volver en transporte público.

—Pensé que había manejado hasta acá —murmuré mientras sacaba de la bata el aparato.

—Me hicieron el favor de traerme —dijiste al tomar mi celular. Fingiste una llamada que no contestaron. Llamabas a tu celular que, efectivamente, habías olvidado en tu casa—. Vaya, creo que no están disponibles. ¿Puedo intentarlo de nuevo?

—Claro. —Para mi mala suerte, en ese momento llegó un hombre en mal estado y me llamaron a atenderlo. Notaste que dudaba antes de terminar aceptando dejándote el celular.

Tomaste la oportunidad para buscar el número de David, era el único registrado así. Abriste la aplicación de mensajes y mandaste un par. David respondió pronto. Con prisa borraste los mensajes. Hiciste una última llamada a tu celular que apenas dejaste sonar antes de ponerte de pie.

La sala de urgencias era un espacio amplio con doctores ocupados yendo y viniendo. Algunas camillas estaban aisladas por la cortina azul de privacidad. Me miraste atendiendo a un hombre con una fractura en el fémur. Te miré y salí corriendo a tu encuentro, llevaba las manos ensangrentadas. Te pedí que dejaras el celular dentro de la bata. Te despediste y te fuiste. Cuando salías de urgencias, alcanzaste a escuchar que alguien me regañaba por dejar a la mitad a un paciente.

Tomaste tu camioneta. Fuiste a la farmacia a comprar algunas cosas, no fue difícil conseguirlas debido al estado de tu mano. Manejaste un par de kilómetros hasta un punto fuera de la ciudad, te estacionaste cerca del cruce de dos calles y esperaste que comenzara a anochecer. No tardó. Escuchaste la motocicleta acercarse por la calle que cruzaba la tuya.

Corrió por tu cuerpo una avalancha fría y frenética. La determinación es imparable e incontrolable, arrasa con todo si tiene un objetivo fijo. Se siente como electricidad que recorre tu cuerpo. La piel se eriza, la pupila se dilata, la respiración imita a un toro enfurecido. La determinación es tan segura de sí misma que cubre con un velo cualquier duda u obstáculo. Fue por eso que pudiste acelerar de golpe tu camioneta y dirigirte a su encuentro. Lo arrollaste justo en el punto en el que las calles se encuentran. David, sin ningún tipo de protección además del casco, recorrió varios metros girando en el aire antes de golpear el suelo.

Habías escogido un punto alejado para citarlo. Donde poca gente se acercara, pudieras bajar de la camioneta y sacarle el arma. Le quitaste el casco— ¿Ahora quien está en el suelo? —le dijiste antes de que cayera inconsciente. Solo hizo falta un disparo.

Placer

Arrastrar a un hombre en peso muerto por varios metros hasta meterlo a tu camioneta fue extremadamente complicado. La artrosis te recordó que tus manos ya no tenían la misma fuerza de antes. Retiraste las placas de la moto y las llevaste contigo. Más complicado fue esperar hasta la madrugada para que San Damián estuviera desierta, bajar ese cuerpo en tu cochera y subirlo por las escaleras hasta el cuarto silencioso.

Una vez que lo dejaste ahí fuiste a tu cuarto a descansar. Tu cansancio fue tanto que dormiste hasta la tarde del día siguiente. Al visitar a David lo encontraste tumbado y rígido. Usaste tus propias manos para cubrirlo con cal. ¿Cómo iniciaría una investigación por asesinato sin un cuerpo?

Lo miraste a los ojos; te respondían fijamente sin brillo. Eso te provocó una sonrisa. Tomaste el celular, marcaste un número sin dejar de sonreír. Contesté—. Hola, mi niña —dijiste sin dejar de verlo a los ojos—. Tu silla está lista. Puedes pasar por ella. No te preocupes, a la hora que salgas está perfecto.

Tomaste el arma de David, la dejaste junto al resto de herramientas que habías acomodado para cuando yo llegara. Las armas de fuego te parecían tan distantes, sin alma, frías. Evitan el contacto con los seres y no permite el paso de ese sabor que tanto te gusta. No se podía disfrutar de toda esa emoción al clavar un cuchillo, cortar un dedo o destrozar una pierna con una prensa.

Saliste de la habitación. ¿Qué hiciste mientras llegaba a tu casa? Comiste, quizá tomaste un baño. En algún punto llevaste el retrato de tu madre a la habitación silenciosa. Harías que tu madre, capturada eternamente con su pelo negro y su joven rostro, mirara una vez más lo que le hacías a una de tus niñas.

Llegué a tu casa a la media noche después de un turno de muerte. Me invitaste a pasar sin antes echar un ojo a la calle que, puntualmente, se había vaciado a las once, como esperabas.

—Quedó muy bien —te dije al ver tu trabajo. La silla estaba en medio de tu sala.

—Como nueva —dijiste.

Ahí estaba. La joven Daniela, el último nombre de tu lista. Ya lo habías agregado a tu diario. Una niña más que vestía de blanco, tenía brillantes ojos negros, como los que recordabas haber visto en tu madre cuando veía a alguien más mientras olvidaba que existías. Me giré para agradecerte. Aprovechaste el momento. Me tomaste del cuello y apretaste mientras trataba de golpearte. Caímos al suelo, miraste la angustia de mi rostro mientras pasabas la lengua por tus labios. Quedé inconsciente.

La adrenalina, la excitación y la satisfacción debieron distraerte del dolor de la cortada y de tu coxis; debieron aplacar los síntomas de la artrosis por un momento. Me llevaste cargando escalón por escalón, no con la misma energía que tuviste con las otras, pero sí con el mismo placer a pesar del cansancio. Al fin estabas cerca de completar el ritual para agregar mi nombre a la lista de tus niñas: el trabajo del que más orgulloso estabas, después de tantas dificultades y dolores.

Ibas de espaldas, jalando mi cuerpo abrazándolo desde las axilas. Me sentaste en la silla, amarraste cada extremidad. Me miraste mientras estaba inconsciente y sometida. Lo habías logrado. Sentiste de nuevo esa excitación, ¿verdad?

Esperaste a que despertara. En cuanto me di cuenta de lo que pasaba comencé a gritar. Me viste asustada, forcejear en la silla y mirarte.

—¿Qué pasa? —pregunté.

—Mi niña, me vas a hacer muy feliz —me dijiste aun contemplándome. Mientras sonreías, pude sentir el miedo más grande que jamás había sentido.

Te giraste para admirar tus herramientas: martillos, picos, desarmadores, una sierra, taladro, tijeras, tantas clases de pinzas que nunca acabaría de nombrarlas. Decidías con qué empezar.

—Verás, mi niña —dijiste mientras pasabas las manos sobre las herramientas suspirando, absorto en las posibilidades—. Lo que pasará en esta habitación…

No te diste cuenta cuando un brazo te cubrió el cuello mientras otra mano te inyectaba un sedante. El efecto fue rápido, aunque tardó un minuto, suficiente como para mirar a tu atacante, tratar de herirlo de muerte con un pico, pero fue en vano. Terminó noqueándote.

Habían pasado años desde que comenzaste a recolectar a tus niñas. Habían desaparecido tantas en la ciudad. Nunca habían estado cerca de atraparte. Comenzaste a hacerlo cotidiano y a confiarte. Hasta que cometiste un error. ¿Cuál puede ser ese error? ¡No, no, no! No te preocupes. Yo te entiendo. ¿Quién en su sano juicio pensaría que una niña de seis años sería un problema?

Hiciste un estudio pobre de tus vecinos y no te diste cuenta de que eran dos niñas las que estaban en esa casa.

El día que te llevaste a Clara Montalvo no subiste a ver qué hacía su pequeña hermana. Creíste conocer bien la rutina de la familia. ¿Y quién podría adivinar que una niña de seis años despertaría en busca de un vaso de agua, bajaría a la cocina justo cuando un hombre tomaba a su hermana entre los brazos y la sacaba sin problemas? ¿Quién pensaría que esa niña sería invadida por tanto miedo al grado de no decir nada al principio, a pesar de haber visto todo desde las escaleras? ¿Te puedes imaginar lo frustrante que es que nadie te crea cuando al fin hablas? "Por qué hasta ahora". "Son celos de la atención que le dimos a tu hermana". Nadie le cree a una mocosa.

Esa niña creció sabiendo la identidad del hombre que se llevó a su hermana. Crecí obsesionada con ello. Pasé años creando escenarios en mi mente, planes, estrategias. Fui una niña que dedicó su vida a formular el final perfecto, el más justo para el hombre que todos amaban, del que no sospechaban. Pasaría años estudiando Medicina con una meta fija: tú.

Teñí mi cabello para parecerme al tipo de niñas que te gustan. Te estudié, pude ligar un par de desaparecidas a ti. Pero jamás creí que el perfil era parecerse a la loca de tu madre. Debo admitirlo, en esta foto puedo ver cómo sería Clara de adulta. ¡Tranquilo, tranquilo! No le voy a hacer nada a la foto. La dejaré justo aquí. Tu madre nos va a mirar. Será nuestro público silencioso, testigo de lo placentero que será.

El placer es una droga. ¡Y vaya droga! El cuerpo la busca. Justo ahora siento el placer en cada poro de mi piel. Es un estimulante que ataca tu mente, deseas más y más. Olvidas todo lo que ocurre a tu alrededor, solo existe el deseo de continuar sintiendo placer. Lo sentí cuando despertaste y te viste atado a tu maldita silla, ver que no te diste cuenta de que este pobre diablo había entrado en secreto a tu casa para estropearla, para que pudiera escapar de ella zafando la correa de la mano derecha. Por cierto, qué bueno que aún tienes teléfono fijo. No hubiera encontrado con qué amarrarte si no.

¡Mira, Clara! Mira… Lo logré. Te dije que lo haría. Y se siente bien, muy bien. Deja de moverte, mi niño, sabes muy bien que esa silla no te va a dejar ir. Nadie nos va a escuchar.

El placer me hizo conocer la misma excitación enferma que te invadía al conocer a tus pobres niñas, la sentí al verte despertar y comprenderlo; éste, al que disparaste, no es mi novio. Solo me cobró y al final no hará su trabajo. Verás, a diferencia de él, yo me entrené en mantener con vida un cuerpo sangrando, agonizante, sufriendo. ¡Veamos qué tan buena soy en mi trabajo! ¿Cuántos días puedo mantener con vida el cuerpo desfalleciente de Víctor Vrases?